Com o suor na alma

Luiz Roberto Nascimento Silva

Com o suor na alma

TOPBOOKS

Copyright © 2011 Luiz Roberto Nascimento Silva

Direitos de edição da obra em língua portuguesa no Brasil adquiridos pela TOPBOOKS EDITORA. Todos os direitos reservados. Nenhuma parte desta obra pode ser apropriada e estocada em sistema de banco de dados ou processo similar, em qualquer forma ou meio, seja eletrônico, de fotocópia, gravação etc., sem a permissão do detentor do copyright.

Editor
José Mario Pereira

Editora assistente
Christine Ajuz

Revisão
Ana Lucia Gusmão

Capa
Miguel Barros

Diagramação
Arte das Letras

TODOS OS DIREITOS RESERVADOS POR
Topbooks Editora e Distribuidora de Livros Ltda.
Rua Visconde de Inhaúma, 58 / gr. 203 – Centro
Rio de Janeiro – CEP: 20091-000
Telefax: (21) 2233-8718 e 2283-1039
E-mail: topbooks@topbooks.com.br

Visite o site da editora para mais informações
www.topbooks.com.br

I

O sol fixou seu círculo nítido no céu, que, de tão azul, parecia falso. Um calor abafado, de dias sem brisa, grudava as roupas no corpo e amolecia movimentos e pensamentos. Antônio abriu as venezianas da sala naquela manhã de dezembro, como um homem que desperta, abre aos poucos suas pálpebras e começa a se situar novamente na realidade. Pensou em seu pai, Joaquim, e nas dificuldades que ambos vinham encontrando nos últimos meses. A oficina sofria uma enorme redução em suas encomendas, poucos eram os clientes novos e os antigos se limitavam a fazer pequenos reparos em seus móveis, fossem sofás, poltronas ou cadeiras; ninguém fazia novos pedidos.

Eles já haviam demitido dois funcionários. Tadeu, mulato magro e forte, estava com eles há muito tempo; chorou no momento do acerto. Ele disse que compreendia, sabia, pela redução do movimento, que isso aconteceria mais cedo ou mais tarde, o que não impediu que fosse tudo muito comovente. Ernesto, branco e gordo, foi demitido antes, sem maiores consequências, pois estava na oficina há pouco tempo, trabalhava apenas quando exigido e volta e meia chegava atrasado com os olhos vermelhos de quem tinha passado o melhor da noite dedicado a outras atividades. Ao contrário de Tadeu, não deixou saudades.

O fato é que o negócio andava mal e eles não sabiam o que fazer. A oficina sempre fora a razão de ser da família e, mesmo em ciclos, permitia que todos vivessem uma existência confortável, embora sem luxo. A filha de Antônio terminara a faculdade, o filho mais novo ainda estudava. Nenhum deles – pai ou filho – tinha desejo ou vocação de trabalhar para terceiros como empregados. Optaram por ter seu próprio negócio, com todas as dificuldades que isso traz, mas com a sensação de liberdade que ao mesmo tempo representa. Estavam prestes a ter de rever essa opção de vida nessa manhã de dezembro na qual Antônio abria lentamente as venezianas.

Ouviu o pai descer as escadas pisando de forma desigual como fazia quando estava preocupado. Joaquim, contente, pisava nos degraus de forma contínua, sincopada. Nessa manhã, seu filho Antônio pôde perceber o pai intranquilo pela maneira como andava. Com a convivência diária no trabalho, conhecia o pai sem que o mesmo precisasse falar. Havia entre eles uma cumplicidade silenciosa – como todas as cumplicidades de certa forma o são – que permitia com que um soubesse de antemão o que ocorria com o outro. Pela maneira de descer as escadas, pela inflexão da voz, pelo brilho ou pela ausência deste no olhar, pai e filho se compreendiam em silêncio.

A família Silva Passos ocupa dois sobrados em uma deliciosa rua de vila. No último da rua, o de número nove, reside seu Joaquim e sua mulher Eugênia. Ao lado, moram seu único filho

Antônio, a nora Marina e seus netos, Flávia e Guilherme. A neta acaba de sair da faculdade e começa a ajudar na oficina. No andar térreo do sobrado de seu avô foi colocada uma divisória de madeira criando uma recepção com algumas cadeiras, um pequeno mostruário e algumas revistas de decoração.

A entrada da oficina se dá pelo sobrado de seu pai. Quem chega logo se depara com as mesas e pranchetas em que repousam réguas, tesouras, estiletes e outros objetos de trabalho. O couro é sempre moldado primeiro na mesa antes de ser aplicado ao móvel. No fundo, pesadas mesas de produção com martelos, chaves e parafusos.

No passado, além dos estofamentos, seu Joaquim fazia carpintaria. Com a pressão da vizinhança compreendeu que se quisesse continuar na vila teria que mudar. O ferramental da carpintaria, com suas serras elétricas e outros equipamentos para trabalhar a madeira, produz um volume de ruído que incomoda os vizinhos. Ele entendeu rápido que precisava se adaptar. Passou só a estofar.

A "Oficina do Couro" começou a encomendar de marceneiros até estruturas em madeira de seus móveis. O cliente escolhe um modelo no mostruário ou leva um recorte da peça que deseja. O couro também vem de distribuidores conhecidos.

A oficina é das poucas que ainda domina a arte do couro cru. A maioria agora trabalha com tingido ou sintético. O cru não recebe tratamento químico ou tingimento. É duro para cortar e costurar, mas é o que melhor transmite a natureza poderosa da pele animal, absorvendo com resistência e elegância as marcas do tempo.

Em diversas oportunidades, ao longo dos anos, seu Joaquim fez a apologia do couro atanado para seu filho.

— Veja, filho. Esse couro tem alma, vida própria. É difícil trabalhar com ele, porque é independente. Igual à palha natural marfim ou à sintética.

— Como assim?

— A sintética não muda de cor. Fica como vem da fábrica.

— E a natural?

— Essa sim. Envelhece como a gente, como tudo na natureza. É lindo ver a beleza de um estofamento antigo de palha, com diversos tons de amarelo envelhecido. A sintética não tem graça.

Eles aceitam trabalhar com todos os tipos de couro, até com os sintéticos. São, entretanto, especialistas em móveis de couro natural, os mais caros e difíceis de serem feitos. Talvez por isso mesmo estão tendo que fechar suas portas, levando com eles essa arte que parece não ter mais clientes no presente como teve no passado.

Certa noite, Joaquim foi até o sobrado do filho e foi direto ao assunto:

– Antônio, precisa terminar a encomenda de D. Carmem. Prometi entregá-la na sexta passada. Dessa semana não pode passar. Concentrem-se nisso, você e o pessoal.

– Pai fique tranquilo. Prometo acabar o sofá amanhã, no mais tardar depois de amanhã – respondeu o filho.

– Não se esqueça – ordenou o pai.

Cedo, na manhã seguinte, os funcionários foram chegando dentro do horário. Iam para um quarto nos fundos dos sobrados, onde trocavam de roupa e se preparavam para trabalhar. No final do dia aproveitavam o banheiro que dava para o jardim e tomavam uma ducha antes de voltarem para suas casas. Agora restavam apenas dois: Pedro e Manuel. Tinham chegado ao limite, mais algumas semanas teriam que fechar.

Os empregados sabiam disso, chegavam silenciosos e deprimidos, mas esforçavam-se para trabalhar da melhor forma possível e assim garantir o resto de emprego que o destino lhes reservava.

Pararam rápido na hora do almoço. Cada um pegou sua marmita e se acomodou do lado de fora. Todos comeram rápido, sem falar. Precisavam acabar a encomenda de qualquer jeito. Mais do que uma ordem de seu Joaquim e de Antônio, existia a noção clara da necessidade de sobrevivência de cada um. Estavam no mesmo barco, como os pescadores quando saem nas manhãs de todos os lugares do mundo em busca de peixes que garantam seu sustento. O mundo não mudara tanto nesses séculos todos. Os mares continuavam líquidos a circundar a terra sólida sem invadi-la. Os homens continuavam trabalhando para sobreviver e comer.

Terminaram. Quando eles saíram, Antônio percebeu pela janela a noite consolidar seu avanço sobre o que ainda restava do dia. No verão anoitece mais tarde. Antônio foi ao banheiro no jardim interno. Encontrou restos de um xampu e de sabonete na pia. Arrumou o chão molhado e lembrou com orgulho dos companheiros de trabalho. Pensou consigo mesmo: "eles foram firmes hoje, não há a menor dúvida. Eles foram firmes hoje." Fechou a porta dos fundos do seu sobrado. Atravessou-o até o pátio comum da vila, com a noite instalada no céu, refletindo a lua crescente no chão de cimento. Retornou ao andar de trabalho. Foi fechando as outras janelas que dão para o pátio externo que compõe a entrada da oficina, de forma automática, como um músico limpando seu instrumento após uma apresentação. Estava cansado. Sentou-se no sofá por uns instantes para repassar os acontecimentos e adormeceu.

De repente, foi despertado por uma voz e movimentos que lhe eram familiares:

– Antônio, acorda! D.Carmem já telefonou e disse que estava vindo para cá ver o seu sofá. Você conhece a peça – disse o pai, carinhosamente, chateado em ter que acordar o filho assim abruptamente, logo ele que trabalhava tanto, todos os dias.

– Pai, não se preocupe. Deitei e dormi aqui direto. Estava exausto. Vou me aprontar para recebê-la – disse atordoado.

Antônio se afastou rápido para lavar o rosto. Joaquim ficou observando o sofá com orgulho. Instantaneamente descobriu uma imensa mancha no corpo do sofá. Chegou perto e começou a analisá-la, quando o filho voltou.

– Que é isso, filho? Que mancha é essa? – perguntou arfante.

– Não sei, pai. Adormeci e não examinei o sofá hoje – disse enquanto se aproximava para fazê-lo. – Puta merda! Que porra é essa? De onde veio isso? – esbravejou, reclamando no fundo de si mesmo.

– Não sei, meu filho. Cheguei agora para lhe acordar. É uma mancha estranha e muito feia. Parece que alguma coisa caiu no sofá enquanto você dormia – concluiu o pai.

Passaram as mãos nervosamente em toda extensão do sofá. Joaquim trouxe um pouco de água quente que aplicou em uma parte pequena da mancha. Nada. A mancha parecia aumentar e tornar-se ainda mais nítida. Depois tentaram limpar com estopa. Nada. A mancha não se movia.

Enquanto estavam nessa operação de limpeza, D. Carmem entrou repentinamente na sala:

– Enfim, o sofá ficou pronto. Estou louca para vê-lo – disse para os dois e se encaminhou para a sua encomenda.

– D. Carmem, surgiu um probleminha, mas que vamos...

– Que probleminha, seu Joaquim? Diga logo – falou enquanto caminhava em sua direção.

– Essa mancha, D. Carmem. O sofá estava pronto quando alguém derrubou alguma coisa em cima dele – Joaquim informou antecipando o problema.

– Joaquim, vocês realmente não tomam jeito. Acho que sou uma das únicas clientes que ainda continua fiel a vocês – disse de forma direta e contundente, característica sua que nunca desejou modificar ou atenuar –, e vocês me presenteiam com isso.

– D. Carmem, garanto à senhora que limpamos essa mancha de um jeito que ninguém jamais imaginará que ela existiu, não é, Antônio? – afirmou, buscando com os olhos a cumplicidade do filho.

– Claro pai, prometo – respondeu, sublinhando a promessa com um gesto de cabeça.

Enquanto os dois tentavam contornar o incidente, D. Carmem parecia distante, com seus olhos ressaltados do conjunto do rosto, como é comum em toda pessoa que tem problemas na tireoide. Depois de um lapso de tempo, concluiu:

– Veja, há males que vem para bem. A cor desse couro ficou parecendo um batik e combina com minhas cortinas e os quadros da sala. O outro tom do couro era muito claro, um bege sem graça. Prefiro esse, mais escuro. Quero o sofá todo nessa cor.

— D. Carmem, nós prometemos e o sofá ficará limpinho, todo da cor original do couro. Limpamos tudo, temos prática, ninguém notará nada — insistiu Joaquim.

— Já decidi, quero todo dessa cor. Não discutam nem me chateiem mais. Quando entregam? Até sexta-feira? — falou emendando uma frase na outra.

— Até sexta, D. Carmem — respondeu Joaquim, perturbado com o incidente e preocupado com o compromisso.

Quando ela saiu, Antônio confessou ao pai que a mancha era suor.

— Suor, meu filho? — indagou o pai com repugnância.

— Suor, pai — reafirmou o filho resignado. — Trabalhei até acabar o sofá. Estava cansado, apaguei em cima dele sem me dar conta que estava todo suado e que esse suor iria passar para o couro do sofá. Dormi profundamente.

Seu Joaquim correu para telefonar para o Correia, um velho amigo de trabalhava numa indústria química. Procurou o telefone na velha caderneta e deu sorte, pois ele atendeu, como se estivesse esperando o chamado. Perguntou como proceder para tirar uma mancha de suor de um sofá de couro atanado. Correia informou que algumas gotas de éter em um pouco de óleo de linhaça na superfície manchada resolveriam o problema.

Ele desligou aliviado e grato pela informação do amigo. Achava absurda a ideia de ter de suar um sofá. D. Carmem havia encomendado um de três lugares com duas almofadas soltas também de couro. Ao todo, eram mais de 25 metros de couro. D. Carmem tinha sido enfática, mas ele resolveu insistir e telefonou para ela para evitar o que ele achava ser uma loucura.

– D. Carmem. Joaquim.

– Pois não, Joaquim.

– D. Carmem, eu consigo limpar a mancha totalmente. Fica tudo na cor original do couro.

– Seu Joaquim, sou sua cliente e amiga há muitos anos. Acompanho com tristeza as dificuldades que estão passando. Por isso, encomendei uma peça grande de três lugares em couro, que é sua especialidade.

– Sei disso, D. Carmem. A senhora sabe como eu e o Antônio somos gratos.

– Pois bem. Quando cheguei à oficina, vi o desastre. Aquele líquido caiu no sofá por descuido, por acaso.

– Certamente.

– As coisas acontecem no mundo por acaso ou por necessidade. Esse líquido, sabe Deus como, caiu lá por acaso. Por acaso, gostei da cor, que, como lhe disse, combina melhor com meus quadros e tapetes.

– Sim, D. Carmem.

– O couro está matizado, como um batik. Vi em várias revistas estrangeiras esse tipo de couro atanado, detonado, é a última moda na Europa. Quero ele assim, Seu Joaquim. Fui clara?

– Foi sim. Tenho certeza que, mesmo sendo diferente do que combinamos, o sofá ficará lindo.

– Deus lhe ouça – disse e desligou.

Seu Joaquim chamou o filho para fora do sobrado e caminhou na direção do jardim interno. Estava quente. Os dois tinham as roupas grudadas no corpo, que, de tão suadas, estavam transparentes, permitindo que se vissem os corpos de cada um. Ainda estavam aturdidos com tudo que acabara de acontecer. O pai dirigiu-se ao filho:

– Meu filho, não resta escolha senão suar. Ela não quer que tiremos a mancha. Acho melhor que o suor seja só seu para não termos grandes diferenças no sofá de D. Carmem. Use uma boneca de algodão espalhando o suor como fazemos quando tingimos o couro. Não podemos errar com uma de nossas últimas clientes. Além disso, ela é muito bem relacionada, sai em todas as colunas sociais e tem muitas amigas. Não podemos errar – disse o pai para o filho, com a voz firme de quem queria ser obedecido.

– Pode deixar, pai – respondeu. Não vejo mesmo outra solução. Vou suar.

Estava muito quente. O verão modificara a cidade. Antônio começou a correr no jardim interno de um lado para outro. Quando começava a suar, voltava para a oficina e deitava-se no sofá, como na fatídica noite que ele agora queria tanto esquecer. Com uma boneca com algodão na ponta, espalhava o suor pelas diversas partes do sofá. Resolveu colocar um macacão de frio para transpirar mais rápido. Corria e deitava no sofá rolando de um lado para outro, espalhando o suor pelo couro. Sentia-se meio estúpido nesse processo, como um cachorro inteligente ao ser chamado insistentemente por um dono estúpido. Mas, sem alternativas, prosseguia. Cuidava que ninguém o visse naquela atividade ridícula, nenhum dos empregados, ninguém.

Quando acabou, Antônio levou o sofá para o jardim na área coberta, onde não bate sol, para que o cheiro evaporasse. O sofá ficou lá dois dias. Chamou o pai e ambos examinaram a peça. Seu Joaquim sugeriu que ele passasse uma cera especial para couro, mistura de óleo de mocotó com glicerina.

A cera deu acabamento. Tornou o couro macio e criou homogeneidade no conjunto, mesmo sendo um couro agora matizado, salpicado. Pai e filho ficaram em silencio, olhando aquela peça única, diferente de tudo que haviam feito. Passaram a achá-la bonita, original. Não sabiam, entretanto, qual seria a reação de D. Carmem. Ficaram juntos olhando o sofá, enquanto à tarde caía lentamente, tingindo de rosa os espaços entre os prédios cinzentos.

II

D. Carmem recebeu o sofá no dia combinado. Ficou contente e deu o episódio por encerrado. Duas semanas depois ofereceu um grande almoço para uma amiga que morava em Paris e estava de passagem pela cidade. As convidadas atualizaram as últimas novidades, que incluíam quem traía quem, uma lista dos melhores partidos ainda livres, o resumo das novidades em matéria de cirurgia plástica, a discussão acalorada sobre as diferenças entre a paixão e o amor e um inventário estatístico da violência da cidade. Em relação a um ponto todas estavam de acordo: a beleza e novidade do couro do novo sofá.

Saíram fotos do almoço na imprensa. Várias amigas sentadas no sofá sorrindo para a câmera. A colunista social Kalil Gibran cobriu o almoço em sua coluna divulgando a frase de uma estilista de moda presente na festa que vaticinou: "couro atanado é o novo tom de marrom que vai substituir o escuro – o tipo café, a que estávamos acostumados. Ele será o grande sucesso em matéria de estofamento nessa nova temporada."

Assim, do dia para a noite, ou, para ser mais preciso, após o cair daquela tarde, à pequena oficina de Joaquim e Antônio experimentou uma verdadeira ressurreição.

Voltaram a estacionar carros elegantes naquela pequena rua de vila. As mulheres entravam na recepção, olhavam os poucos móveis em exposição e faziam referência ao sofá de D. Carmem. Uma a uma, com estratégias diferentes, todas convergiam para esse obscuro objeto de desejo. Pai e filho tentavam, sem sucesso, encaminhar as clientes para outros tipos de móveis. Todas queriam o sofá de D. Carmem, e o que era mais impressionante, insistiam na necessidade de o couro empregado ser o mesmo, o couro atanado ou cru.

Apesar de achar estranho, eles foram aceitando as encomendas. Pior do que a dificuldade em compreender a razão dessa obsessão, era a angústia de terem de fechar a oficina, aumentando as filas do desemprego. O medo maior imobiliza o menor. Simples aritmética.

Logo o número de pedidos fez com que houvesse muito trabalho para Manuel, Pedro e Antônio. Seu Joaquim passou a descer do sobrado para ajudar na oficina, o que há tempos não ocorria. Surgiu um ambiente alegre entre todos. Foi encomendada e depois pendurada na fachada entre os dois sobrados uma nova placa publicitária com os dizeres: "Oficina do Couro." Os sofás começaram a multiplicar. Os empregados chegavam cedo e saíam tarde.

Antônio fica no centro da oficina comandando a turma. Quando se trata de uma reforma, acompanha a retirada do revestimento antigo e a recomposição da estrutura de madeira. Muitas vezes é necessário refazer as percintas. Sempre se tem que trocar a espuma que com o uso fica socada no sofá velho. Ele decide rápido o que precisa ser feito e por quem.

Quando é sofá novo, cuida do acabamento do esqueleto enviado pelos marceneiros. O sofá vai sendo montando aos poucos. Coloca-se a espuma que irá acolchoar o couro criando conforto e equilíbrio entre este e a madeira. Apenas quando toda essa estrutura está pronta é que o couro é colocado.

O processo lembra a famosa série de desenhos de Picasso sobre o touro, só que ao contrário. De trás para frente. É como se partíssemos do desenho final, apenas linhas estruturais, e fôssemos compondo o touro, ou o sofá, com todos os seus acessórios. No final, o móvel está pronto, como o touro inicial, cheio de carne da série picassiana.

A oficina foi desenvolvendo um método de trabalho aproveitando todo o suor que surgia. Quando um empregado estava suficientemente suado, dirigia-se para o sofá em fase de finalização e lá depositava o seu suor. Nesses dias de verão isso era relativamente fácil. Estava muito quente na cidade e se conseguia suar sem maior dificuldade. Antônio comprou grossos roupões de ginástica para cada empregado, e o uso deles facilitava a transpiração. Pedro e Manuel acharam essa parte do trabalho desagradável e não desejavam vestir roupões em pleno verão. Julgavam também absurdo produzirem apenas sofás suados. Mas esse era o emprego. O que fazer? Era pegar ou largar.

Os empregados trabalhavam todos juntos na mesma grande sala da oficina. Durante a maior parte do tempo todos se ocupavam das tarefas, digamos, tradicionais, de confecção dos móveis. Apenas quando a peça estava pronta é que era colocada num canto da oficina, à esquerda, e começava a etapa final de tingi-la com suor. Essa função era dividida entre todos. Quando algum deles estava encharcado, dirigia-se ao sofá e transferia seu suor espalhando-o com bonecas de algodão, iguais as que se usam para tingir o couro com tinta.

Um dia, Antônio discutiu com Pedro num diálogo que poderia ter se dado também com Manuel.

– Pedro. Sei que está achando muito esquisito além de trabalhar nos móveis ter de suá-los, não é? – perguntou, atingindo o centro da angústia silenciosa do funcionário. – Eu também achei no início. Hoje não acho, aliás, não acho mais nada... Há poucos dias teria que fechar a oficina e mandar você e o Manuel procurar emprego numa outra empresa moveleira – disse olhando fixamente o empregado.

– É verdade, seu Antônio – admitiu Pedro.
– Acho isso tudo muito estranho. Só fazer sofá suado, poltrona suada, sei não...
– Mas é o sofá suado, a poltrona suada que estão sendo encomendados – arrematou Antônio. – Devemos agradecer a eles ou buscar outra coisa para fazer. Você pode achar até que é um capricho de quem compra. Pode ser, mas eles pagam. É melhor esse dinheiro que o salário zero do desemprego.
– O senhor tem razão – concordou Pedro. – Pobre fica louco; rico perde o juízo. O fato é que a mania deles é que está garantindo a nossa vida – finalizou.
O tema não mais foi debatido na oficina. As vendas se sucediam. Começou a entrar dinheiro como há muito não ocorria. Os empregados recebiam gratificações. O banho no final do dia era feito agora com Manuel cantando velhos sambas com sua voz grave ecoando pelos ladrilhos brancos e esparramando-se para o jardim. Nesses momentos, no seu quarto no segundo andar do sobrado, Joaquim esboçava um sorriso enigmático e, compenetrado, agradecia em frente à imagem de Nossa Senhora Desatadora dos Nós, de quem era devoto.

Antônio começou a perceber que o maior problema da oficina seria o suprimento de suor. Produzir sofás em escala não era tão complicado. O suor era a questão. Na verdade, a quantidade produzida pelo corpo é pouca por dia. É preciso muito mais para que o couro tenha um acabamento homogêneo. Concluiu então que o suor de um homem trabalhando normalmente não era suficiente para cobrir um sofá encomendado. Assim, a quantidade de trabalho socialmente necessário para produzir um sofá suado tornava-o mais caro do que um sofá não suado, criado a partir de outro meio de produção.

Resolveram que, enquanto a maior parte dos empregados trabalhava, um deveria se preocupar apenas em suar. Além dos agasalhos de frio, compraram bicicleta ergométrica e uma esteira para aumentar a transpiração. Esses equipamentos ficavam num pequeno espaço no fundo da oficina, do lado esquerdo, perto das mesas de produção. O sofá, quando estava pronto, era colocado ao lado.

Eles bem que tentaram dissuadir as clientes a comprarem apenas sofás suados. Exibiam diversos modelos. Divulgavam outros tipos de couro, mas ninguém queria. Uma delas acabou convencida, levou um sofá tradicional, mas voltou reclamando dois dias depois, querendo devolver o móvel, insistindo que fora coagida a aceitar a argumentação dos vendedores. Não restou à oficina outra alternativa a não ser suar o sofá e devolvê-lo no padrão dos outros, que haviam se transformado na coqueluche daquele verão.

O verão chegou a seu fim, trazendo como sempre mudanças na vida de todos na cidade, de forma particular na estrutura daquela pequena oficina que, no início de dezembro, estava para fechar as portas. Foi constituída uma micro-empresa para gerir o negócio. Antes os clientes eram apenas moradores do bairro. Agora não. A oficina recebia encomendas de outros lugares sem que eles soubessem bem por que esse fenômeno vinha ocorrendo.

Os clientes, na imensa maioria mulheres, acotovelavam-se na pequena recepção convertida em loja examinando o mostruário dos móveis da oficina, que incluíam sofás, canapés e cadeiras de couro. Flávia como gerente de vendas exibia o catálogo. A maior parte das encomendas era dos modelos tradicionais. Existiam pedidos fora da linha de produção normal. Flávia não incentiva esses pedidos, mas tem orientação do avô de não recusar nenhum.

– Flávia, qual é o nome de nossa empresa desde que a fundei, quando nem você nem seu pai eram nascidos? – perguntava.

– Oficina do Couro, vovô – respondia a neta.

– Logo, temos que saber fazer e entregar tudo que o cliente pede – concluía Joaquim. – Começamos consertando móveis de couro quando a maioria da clientela o utilizava como estofamento principal. O couro era barato. Passamos a fazer restauro, higienização e hidratação. Quando dominamos o couro é que começamos a fazer os móveis.

– Mas, vovô, hoje, mais do que uma oficina que conserta móveis, somos uma oficina que produz móveis – dizia com pretensão acadêmica, a neta.

– É verdade – concordava, em parte, o avô. – Mas começamos como oficina, consertando todos os tipos de móveis de couro. Essa é a nossa marca, essa é a nossa história, isso que nos faz diferentes – concluía, encerrando a discussão.

Com o sucesso, oficina e loja passaram a entregar as encomendas embrulhadas em papel bolha. Criaram um pequeno texto publicitário no qual estava indicado as precauções e cuidados que seus clientes deveriam ter com o móvel que acabavam de adquirir. Um artista plástico amigo da família desenhou a logomarca que acompanhava toda a publicidade e ficava igualmente em destaque na entrada da loja.

O couro suado continuava a ser ao mesmo tempo o grande mistério e a razão do sucesso. Os clientes ora referiam-se a ele como couro curtido, couro envelhecido e até como couro batik. Nem Joaquim, nem Antônio, nem nenhum empregado ousavam desvendar o mistério. Construíram um código interno de conduta. Regra número um: é proibido falar sobre o couro suado. Regra número dois: jamais esquecer a regra número um.

Assim, quando era admitido, o empregado aceitava o compromisso de sigilo. Como os negócios andavam bem, todo mundo recebendo, sem atraso ou descontos, aos poucos todos passaram a achar normal e legítimo esse cuidado. Um funcionário novo, Ernesto, comentou com Pedro:

– Acho que os patrões estão certos. Todo mundo tem seus segredos e quem diz que não tem está mentindo. Veja, um técnico de futebol só informa a escalação do time no dia do jogo, não é? – disse, perguntando e respondendo ao mesmo tempo. – Por que deveriam divulgar o segredo do nosso couro? – reafirmou em direção ao companheiro de trabalho.

– Eles estão certos. Não esqueça disso e garanta seu emprego – advertiu Pedro.

Os pedidos e encomendas chegavam sem cessar. Os preços eram mais caros que os de outros móveis. Não importava. O mercado queria esses produtos. Pagavam sem reclamar. Vivia-se no melhor dos mundos.

Nos finais de semana, Seu Joaquim e D. Eugênia desciam para o jardim interno dos dois sobrados e promoviam um almoço ao ar livre. Normalmente ela fazia um prato de massa com salada. Às vezes, Antônio se animava e preparava um churrasco aproveitando a estrutura de alguns tijolos velhos que ficavam soltos, apenas para esse fim, encostados num ponto do jardim, perto do banheiro.

A família Silva Passos vivia um momento mágico e todos sabiam disso. A oficina, que há meses quase fechou as portas, agora renascera. Estavam ainda sem entender como tudo ocorrera tão rápido e sem um planejamento aparente, mas ao mesmo tempo sabiam que o que se leva dessa vida é a vida que se leva, e assim divertiam-se aproveitando a magia desse momento.

A vila era agradável para os moradores daqueles cinco sobrados. As casas permitiam morar num andar e trabalhar em outro. Além disso, a presença de vizinhos de parede produz uma sensação de proteção e uma solidariedade que não é comum nas cidades grandes. "Isso explica o sucesso dos novos condomínios fechados", pensava Antônio num desses dias em que uma agradável sensação de bem-estar lhe percorreu a alma.

Nesses almoços de final de semana não se falava de trabalho. Eles traziam cadeiras e duas pequenas mesas, que espalhavam no jardim interno da vila nos fundos de seus sobrados. Transformavam aquele lugar, nesses dias de almoço, quase que num anexo de suas casas. Quem passasse na rua não os via. A família ficava debaixo daquelas árvores, observando aqueles pedaços de nuvens dançando sobre os edifícios, num balé silencioso, circundando a vila. Ali se entretinham, bebendo, felizes, como todas as famílias felizes.

III

As encomendas se multiplicavam. Flávia atendia os telefonemas, recebia as visitas, anotava os pedidos. Na maior parte das vendas, a cliente ia à oficina e decidia o que queria com base no mostruário.

– Quero esse modelo aqui – dizia a cliente, uma senhora elegante de meia-idade, vestindo um tailleur cinza combinando com sua bolsa preta, enquanto apontava com o dedo.

— A senhora já tem as medidas? Tem certeza de que não é melhor que meu avô vá à sua residência e confirme? Ele faz isso bem e com enorme prazer. Não representará nenhum aumento de custo e trará segurança para todos — sugeria Flávia com voz pausada, como havia aprendido a lidar com a clientela.

— Não precisa, meu amor. Vi esse sofá na casa da Carmem e me apaixonei. Avisei a ela que iria comprar igual. É claro que estou escolhendo outro modelo, de linhas mais curvas, com detalhes diferentes, para não ficarmos como irmãs siamesas — disse sorrindo.

— A senhora não gostaria de olhar outros tipos de couro que tenho nesse mostruário? — indagou Flávia enquanto retirava da gaveta em frente ao balcão o mostruário.

— De jeito nenhum. Nem pense nisso, meu anjo. Estou comprando esse sofá pelo couro. A beleza dele está nisso. Quero esse couro curtido, tipo batik, igual ao da Carmem, sem tirar nem pôr — disse com ênfase, enquanto dava às costas para Flávia e caminhava em direção à porta do sobrado, pensando consigo mesma que já havia conversado bastante com uma simples vendedora.

Joaquim e Antônio tentaram utilizar tinta da marca "Enigma", muito usada pelas oficinas concorrentes quando tingem o couro cru. Com ela, pode-se chegar a uma mistura bem ampla de tons, modulando-os para produzir por exemplo, um marrom clássico, um café, havana e caramelo. Isso era o que a concorrência fazia. No caso deles não funcionava. O que o público queria era aquele couro cru matizado, curtido pelo suor. Depois de três tentativas frustradas de substituição do suor humano por tintas ou pigmentos, eles se convenceram que apenas o suor, com sua química particular, fluida e misteriosa, produzia a magia dos sofás.

O clima dentro da oficina estava pesado. Os empregados antigos ridicularizavam os novos suando nas bicicletas. Como todo mundo ficava no mesmo espaço de quarenta e oito metros quadrados, a situação estava ficando insustentável.

O acaso viria, novamente, a fazer sua parte, trazendo sorte e solução. O primeiro andar do sobrado vizinho ao de Antônio ficou vago. Uma loja não resistiu e teve que sair. Ele conseguiu com o proprietário alugá-lo por um bom preço, ampliando assim as instalações.

Antônio teve a ideia de transferir para esse novo espaço os equipamentos de ginástica que estavam no lado esquerdo da oficina. Decidiu que o sobrado não seria acessado pela parte externa do pátio, mas sim passando por dentro da oficina. A porta da frente ficaria sempre fechada, assim como as janelas. Ninguém ouviria nem veria nada pelo lado de fora. Foi colocada uma porta entre um sobrado e outro.

Além da bicicleta ergométrica e da esteira, Antônio foi comprando diversos equipamentos. Um armário de metal acomodou os roupões. Esse térreo do sobrado passou a ser chamado carinhosamente de academia pelos empregados. Nele, o empregado que não estivesse trabalhando na confecção dos móveis estaria ocupado em produzir suor. Quem entrasse na oficina, cliente ou visita, não teria como saber o que se passava nesse espaço chamado de academia, pois a porta impedia a visão.

O tempo esfriou de repente. Antônio, inicialmente, não se preocupou com isso. Depois percebeu que a mudança no clima traria um problema para o qual não tinha solução. As encomendas prosseguiam como se o tempo físico, externo, não influenciasse o ritmo interno da oficina. Todos continuavam motivados e trabalhando muito.

A academia, mesmo com novos empregados, não conseguia produzir suor em quantidade suficiente para as encomendas. A produção por empregado estava baixa para o volume de sofás encomendados. Como todo homem que detém um grande segredo, Antônio sofria em silêncio.

Numa manhã, enquanto fazia a barba, após se cortar levemente com a lâmina, consolidou o que parecia ser um caminho. Chamou a filha para dividir com ela a descoberta:

— Minha filha, acho que descobri uma solução. Você sabe que a academia não tem conseguido produzir suor em quantidade suficiente. Por que não contratamos pessoas só para suar? — afirmou, transferindo a descoberta para a filha perplexa.

— Como assim, papai? — respondeu Flávia sem alcançar a originalidade da novidade.

— Veja, diversas empresas, no auge das encomendas, contratam empregados terceirizados. Vários negócios têm uma estrutura fixa e outra variável de empregados que atende a esse aumento de demanda, não é verdade? — perguntou, envolvendo a filha na argumentação, enquanto pontuava sua fala com gestos circulares das mãos, como se regesse uma orquestra invisível.

– É verdade – respondeu a filha, esforçando-se em fingir que havia alcançado o raciocínio do pai.

– Ora, se as pessoas doam sangue, podem doar suor. O que as impede? – afirmou. – Não vamos contratar ninguém fixo que não precisamos. Isso aumentaria o custo da folha. Vamos apenas comprar suor de acordo com a nossa necessidade. As pessoas doam sangue e recebem por isso. Faremos o mesmo. Pagaremos por doação de suor – finalizou enquanto passava pedra ume no pequeno corte na altura do bigode. O sangue estancou e ele ficou aliviado.

– Mas... – resmungou a filha.

– Mas, vamos comprar suor. Compra-se e vende-se de tudo. Ouro, prata, baixelas. É só ler os jornais. Vendem-se vagas em cemitérios. Compra-se coração, fígado, córnea, rim. O que vamos comprar até agora não tinha valor, não tinha preço. É algo que, se o sujeito não vender, se perde, evapora – concluiu.

– Como você está pensando em fazer, papai – indagou a filha, não achando a ideia agora tão absurda, como quando a ouvira na primeira vez.

— Publicaremos um anúncio no jornal: "Compramos suor. Pagamos em dinheiro." Daremos outro endereço que não o nosso para não criar problema, como do contador, o Danilo. O interessado vai lá e acerta as condições com ele. Firma um termo de doação que não crie vínculo trabalhista. Após suar, recebe seu dinheiro e vai embora. Com isso aumentamos nossa produção sem ter que contratar mais gente – disse Antônio, resumindo a estrutura do plano que havia urdido minuciosamente em longas noites de insônia tendo apenas a mulher como testemunha, inconsciente, dormindo docemente a seu lado, como só Marina sabia fazer. Estava contente em ter encontrado um novo caminho que se não lhe assegurava êxito, ao menos representava uma forma de sair do impasse. Por temperamento, não gostava de ficar imobilizado.

— Faz sentido – concordou a filha, animada com a perspectiva de aumento do faturamento e contente em poder compreender algo que inicialmente lhe parecera tão absurdo.

Assim foi feito. O interessado ia ao escritório do contador quando este lhe expunha a proposta. Alguns a achavam revoltante e rejeitavam. A imensa maioria aceitava. Feito o contato, o interessado dirigia-se à oficina e passava direto pela porta interna para a academia. Bebia vários copos de água, escolhia os agasalhos de lã e decidia em qual aparelho de ginástica iria se exercitar.

Seu Joaquim começou a se queixar de pequenas dores. Foi levado ao médico por D. Ester e realizou vários exames. Nada se constatou de grave, somente as disfunções normais da idade. O filho ficou preocupado, mas a mãe o tranquilizou com as palavras dos médicos e com os resultados dos exames.

Nesse momento, Antônio passava praticamente o dia inteiro na oficina. Ele cuidava da parte mais difícil: o aproveitamento do couro. As peças desse material, mesmo quando compradas de um distribuidor de confiança, vêm com pequenos defeitos: marcas de fogo, de carrapatos e de arames farpados. É preciso extrair de cada uma delas o máximo possível. Por isso, o couro é tão caro. Há muita perda. Isso não acontece com o sintético. A peça é toda aproveitada, pois é muito mais fina e vem tingida com a cor que terá a vida toda e que parece plástico. Selecionar as partes nobres de cada peça de couro natural, cortá-las cuidadosamente e aplica-las num novo sofá era uma arte que Antônio tinha aprendido com o pai.

Além disso, Antônio acompanhava o movimento da academia. Deixava sempre um funcionário diferente supervisionando-a enquanto estava na oficina. À noite, dividia suas preocupações e seus avanços com Marina em conversas intermináveis, nas quais procurava impressioná-la e ressaltar a nobreza do seu trabalho.

— Você sabia que suor vem do latim, *sudarium*, e que sudário era um lenço com que se limpava o suor do rosto e também o lençol com que se envolviam os cadáveres? — perguntou à mulher enquanto acompanhava com o olhar as informações de diversos livros espalhados sobre a cama.

— Meu amor, deve ser daí que vem o sudário de Cristo, não é mesmo? — respondeu Marina demonstrando não ser tão ingênua quanto podia parecer.

— Exatamente — confirmou Antônio. — O sudário de Cristo é considerado um pano funerário pelos religiosos, ou uma falsificação pelos agnósticos e céticos — continuou o marido. — Existem referências a ele em várias passagens da Bíblia. Há a descrição de José de Arimatéia envolvendo o corpo de Cristo com um pano de linho branco.

Vários artistas descreveram esse sudário em inúmeras pinturas ao longo dos séculos, sem uma razão aparente, até surgir, no século XIV, o sudário de Turim.

– Mas, afinal, o que ficou provado?

– Cada grupo acha o que quer. Com o teste do carbono nada ficou cientificamente provado. Entretanto, o pano demonstra a presença de sangue e que a pessoa nele envolvida foi crucificada. Diversos livros defendem o sudário como prova da existência de Cristo; outros sustentam que é mais um embuste da igreja católica.

– Não diga isso, meu amor – brincou Marina com o ar maroto.

Ela enroscou a sua coxa esquerda na perna direita dele. Mostrou-se cansada do assunto e lançou um olhar sedutor que só as mulheres seguras de sua beleza possuem. Ele não reduziu sua obsessão e prosseguiu:

– O suor é o verdadeiro termostato do corpo. As glândulas dos seres humanos e de alguns animais, como os cavalos, secretam esse líquido levemente salgado pelos poros da pele – prosseguiu Antônio, reproduzindo o que lera nos livros.

– Meu amor, prefiro o seu suor quando transpira fazendo sexo comigo – provocou a mulher enquanto retirava a última peça íntima. – Prefiro você por cima de mim como meu cavalo. Sabe, sempre gostei do seu corpo suado. Sempre tive tesão quando você chega lá de baixo todo suado, com a camiseta colada no corpo. Você custou a perceber isso. Tinha mania de se lavar, de querer tomar banho. Ainda bem que descobriu a tempo. Vem, larga esses livros e me come gostoso.

Ele começou lambendo o seio esquerdo de Marina até que ele ficasse duro. Passou para o direito, chupando-o para que ficasse igual. Ela o afastou e passou a beijar seu peito, descendo lentamente até seu pau. Seus cabelos pretos formaram uma espécie de véu que se movia sincronicamente entre as coxas entreabertas de Antônio. Ela foi chupando com calma e requinte aquele pau que conhecia tão bem.

Antônio gostava da maneira como Marina chupava seu pau. Com prazer. Naturalidade. Não entendia porque as prostitutas se recusam a engolir esperma. Muitas se recusam a dar beijo na boca. Marina não tem repugnância. Ao contrário, gosta quando ele goza em sua boca. Garganta profunda. Antônio fica feliz em poder tratá-la na cama como uma puta e como uma dama fora dela. Marina, por sua vez, sabe que é melhor e mais seguro que ele encontre prazer e liberdade com ela dentro da própria casa do que com outra na rua.

Quando ia começar a ejacular, Antônio interrompeu a sequência e afastou docemente Marina dessa posição, deitando-a na cama. Subiu sobre seu corpo, abriu suas pernas e penetrou. Fazia movimentos contínuos e silenciosos, alternando o ritmo para que a mulher tivesse tempo para ter prazer. Há um código entre os dois: um sempre se esforça para que o outro goze. Um pacto não escrito pelo qual nenhum deles termina o ato sexual antes que o outro encontre o orgasmo.

Ficavam trepando até a exaustão. O suor misturava-se ao esperma, criando uma espécie de óleo que massageava o corpo e lubrificava a alma. Depois, em silêncio, olhavam a lua pela janela em frente à cama. Às vezes, adormeciam entrelaçados e acordavam com a entrada da luz da manhã no quarto e o início do movimento na vila.

No dia seguinte, retomava a rotina.

Antônio constatou que o corpo humano começa a produzir suor após vinte minutos de esforço contínuo; antes disso, o organismo normalmente não sua. Aprendeu também que há limites para o suor – infelizmente – pensava ele. Depois desses minutos, sua por mais algum tempo. Passados uns quarenta minutos a capacidade de transpiração se esgota. Nesse momento é melhor que o doador pare, ou seja substituído por outro.

A contratação dos doadores impulsionou as vendas. Uma cadeia de lojas fez uma encomenda grande. Se por um lado garantia o faturamento por mais de um semestre, por outro, a oficina ficava obrigada a manter um ritmo de produção que jamais havia experimentado. Aceitaram. Antônio pensou: "nunca tivemos uma encomenda como essa. Sempre vendemos quase que só no boca a boca. Quem não quer sempre mais, acaba tendo sempre menos. Vou arriscar e pagar para ver."

Depois que eles começaram a comprar suor, a oferta passou a ser constante. Os doadores de sangue tinham uma opção alternativa, trabalhosa, mas menos dolorosa do que retirar sangue.

Quando o móvel ficava pronto, saía da oficina e ia ao lado, direto para a academia. Estabelecia-se em cada caso, para cada tipo de móvel, qual área seria coberta. Dessa maneira, nem o doador se sentia obrigado a doar mais do que o devido, nem a oficina a pagar por uma quantidade insuficiente de suor.

Entre as atividades aeróbicas, uma das mais intensas é o *spinning*. A academia recebeu mais equipamentos e diariamente algum empregado antigo comandava os exercícios. Podia-se ouvir da oficina:

— Vamos lá, pedalando. Vamos, firmes. Subindo a ladeira com força. Sintam os músculos repuxarem, mas não parem. Pedalem. Suem. Vamos lá, não podem parar, não podem parar — alguém gritava em direção aos atletas do dia.

Quem ouvisse essas palavras acreditaria que se tratava de uma academia de ginástica, como tantas outras que povoam as grandes cidades disputando os pontos comerciais com bancos e farmácias. Quem entrasse nela — o que só era permitido aos funcionários — encontraria os mesmos aparelhos: halteres, bicicletas, barras com anilhas, pesos e caneleiras. Mas essa academia era diferente. Nas outras, as pessoas iam para se exercitar e o suor surgia naturalmente da atividade física. Nessa não. O suor era a única coisa que interessava. Ninguém estava preocupado com as pessoas que a frequentavam. Cada doador tinha que produzir uma quota. Havia algo de macabro nesse processo que, com o passar do tempo, ficaria mais nítido. Ninguém tocava nesse assunto. Quanto menos se falava dele, mais ruidoso era o silêncio.

IV

A oficina acabou tendo dificuldades para cumprir o contrato com a cadeia de lojas, mas por fim entregou sofás, poltronas e cadeiras no prazo. Aprenderam que uma encomenda desse porte não era benéfica para uma empresa como a Oficina do Couro quanto inicialmente parecia. A estrutura, mesmo ampliada, era no fundo artesanal. A margem de lucro numa encomenda dessas é pequena e toda a máquina fica compromissada para atender a esse pedido gigante. No final, a grande indústria repassa os produtos com um lucro maior e sem risco algum. Não aceitaram mais encomendas assim, não precisavam; o mercado local comprava tudo que ofertavam. Tudo que era produzido era vendido.

Antônio passou a estudar o corpo humano. Precisava entendê-lo. Dependia dele. Quanto mais se interessava, mais encantado ficava com o seu permanente mistério. Por que não podia substituir aquele líquido salgado por outro qualquer? "Por que não posso trocar suor por tinta, como todo mundo? Por que diabos não posso trabalhar com um compressor espalhando tinta no couro?"– pensava. Não encontrava resposta. Lembrava, ao contrário, com horror quando perdeu um sofá inteiro de uma cliente, ou seja, mais de 20 metros de couro, por usar tinta com compressor. Achou que tinha conseguido o tom do couro suado. A cliente não achou a mesma coisa e devolveu o sofá. Foi a última tentativa frustrada. A partir daí tinha se resignado, mas imaginava como sua existência seria mais agradável se, ao invés de produzir móveis de couro com suor humano, produzisse móveis de couro como os outros mortais.

Como não era possível, e o que estava dando certo era isso, todo o dia estava na oficina e na academia. Tinha ficado bem de vida e sabia que a mudança estava intimamente ligada ao suor. Às vezes, fazia pessoalmente os exercícios para estimular os doadores. Sempre fora magro (um péssimo doador segundo seus próprios critérios), e, como consequência da atividade física constante, seu corpo estava torneado. Marina dizia que ele ficara mais gostoso e que tinha grande tesão por seu corpo atual. Insistia de forma irônica que a melhor coisa para ela não era tanto a mudança de padrão de vida do casal, mas a mudança de padrão do corpo do marido.

Uma noite, os dois, conversando sobre negócios, desceram para a oficina e entraram na academia. Antônio cismou de mostrar a Marina um novo aparelho. De repente, num movimento involuntário, o seio esquerdo dela saltou do sutiã branco e expandiu-se para além dos limites da camisola de seda. Os seios em forma de taça eram mágicos. Ele colocou a mão direita sobre o seio esquerdo e o apertou levemente, pensando como um havia sido feito para o outro. Ela, por seu turno, pensou como ele conseguia apalpar seu peito com tanta delicadeza, mas mantendo uma pressão intensa que lhe dava muito prazer. Antônio prosseguiu esse ritual para o seio direito apertando-o com sua mão esquerda. Em questão de segundos estava abaixando sua calcinha e empurrando-a com determinação para uma espreguiçadeira que estava à esquerda de ambos. Penetrou Marina de maneira firme, contínua, sem falar nada, ouvindo seus gemidos crescerem, enquanto seu pau crescia dentro da sua boceta.

Antônio tinha uma teoria própria para explicar as relações humanas: a teoria do tatame. De acordo com ela, o que unia os seres humanos, fossem heterossexuais ou homossexuais, sempre era o sexo, tudo começava na cama ou no tatame, metáfora nipônica. Se a cama é boa, a relação será duradoura. Todos os demais aspectos da vida, afinidades, interesse intelectual, experiências comuns, tudo, enfim, fica subordinado a essa boa relação sexual. Se ela existe, tudo dá certo. Eros. Se ela não existe, tudo dá errado. Tânatos.

Antônio acreditava integralmente nisso Quando surgia algum casal em crise, ele invariavelmente perguntava: "e na hora da cama, como é que é?" Se o interlocutor informasse que continuavam trepando bem, ele dizia que a crise era passageira. Se, ao contrário, o interlocutor dissesse que não trepavam há muito tempo, Antônio dizia:"podem procurar um bom advogado." Essa teoria do tatame não era para ele uma crença temporária ou criação literária para impressionar os outros, mas sua genuína visão de mundo. Antônio acreditava que uma boa relação sexual era a base do casamento, fundado em qualquer arranjo, por mais exótico que fosse. Tudo mais era decorrência, extensão natural do tatame, como uma planta se desenvolve quando há bom solo. Simples como na natureza.

O primado da carne. O corpo enquanto espírito. A maciez da segunda pele. Quem o visse desenvolvendo esse tema poderia imaginá-lo exagerado, obcecado, como um poeta reescrevendo um eterno haicai. Não era isso, era antes uma maneira caudalosa, um estratagema que utilizava para poder dizer a Marina de forma oblíqua: eu te amo.

Passaram a descer para a academia com o pretexto de discutirem a situação da empresa. Invariavelmente essas conversas transformavam-se em formas diversificadas de fazer amor. Marina tinha o dom de excitar Antônio, que por sua vez, tinha o poder de fazê-la gozar como uma adolescente. Essa cumplicidade sexual acompanhou a vida dos dois desde que se conheceram. Existia ali um território só deles, ao qual ninguém tinha acesso. Praia deserta onde viviam livres e nus. Por isso, fosse qual fosse à situação, por mais que discutissem, a linguagem do corpo acabava sempre por unir essas personalidades tão distintas.

Tudo seguia freneticamente até que a Oficina do Couro teve a primeira redução de encomendas. Antônio percebeu, comentou o assunto com a filha Flávia, discutindo os números do balancete mensal. Foi num dia de semana qualquer quando pela primeira vez ficaram atentos a esse fato. Decidiram não dar importância maior, fizeram algumas suposições e combinaram de monitorar o faturamento sem transmitir preocupação para os funcionários.

Seu Joaquim estava abatido nas últimas semanas. Teve uma gripe forte que se transformou em pneumonia. Febre alta durante vários dias. Os médicos se revezaram no sobrado. Tinha oitenta e quatro anos, ainda que parecesse mais jovem. Inesperadamente ficou melhor. A visita da saúde. Chegou a descer para a oficina numa tarde ensolarada. Conversou com os empregados, que o acharam confuso. Voltou para o sobrado. Tornou a ter febre alta. Dormiu e não acordou mais.

O enterro foi rápido e simples. A viúva Eugênia chorou, amparada pelo filho e pelos netos. Os funcionários antigos lembraram estórias curiosas dele nos tempos pioneiros da Oficina do Couro. Os netos estavam atordoados, sem compreender ainda o que tinha acontecido, como se o avô tivesse ido a algum lugar, dar um passeio, e estivesse demorando, mas breve retornaria. A compreensão da morte é difícil para todos. Para alguns nunca chega a fazer sentido. Para os jovens é algo que só conseguem lidar com o tempo e de maneira simbólica. A morte é sempre a dos outros; nós nunca morremos.

Uma semana depois, a família Silva Passos mandou celebrar a missa de sétimo dia. Antônio colocou anúncio nos dois jornais de maior circulação da cidade. Um da família: sua mãe como viúva, ele, sua mulher e seus filhos convidando. Outro da empresa, homenageando seu fundador em nome dos funcionários. Os anúncios saíram lado a lado em ambos os jornais. Família e empresa estavam juntas na morte como estiveram na vida. Dois sobrados. Seu Joaquim foi enterrado com homenagens que jamais imaginou enquanto viveu e trabalhou ao lado de Dona Eugênia naquela vila.

À noite, Antônio foi visitar a mãe. Subiu as escadas contando cada degrau. Lembrou-se desse mesmo som mágico de sua infância, quando seu pai andava pela casa. Ficou muito emocionado ao encontrar o quarto sem o pai. Era como se a casa estivesse vazia.

– A casa mudou. O quarto está diferente. É como se as paredes sentissem a falta de papai – disse, contendo a emoção e tentando controlar as lágrimas.

– Chore meu filho – disse sua mãe, incentivando que ele não reprimisse um momento tão verdadeiro. – Chore que faz bem. As lágrimas acalmam – sentenciou.

– Como vai ser a vida sem ele, mamãe? – perguntou com a voz embargada. – Mesmo que não trabalhasse, estava sempre acompanhando tudo, de longe, como só ele sabia fazer. Mas o problema maior não é esse, é a saudade – resumiu.

– Vocês foram muito amigos a vida toda – disse a mãe. – Ele não vai te abandonar. Ele não vai nos abandonar. Ele continuará a viver dentro de nós – acrescentou, com a voz calma e pausada.

– As pessoas queridas vivem dentro de nós, por isso podemos suportar a morte delas. Se não fosse assim, morreríamos junto com elas. Não, elas vivem dentro de nós, preservando as coisas boas que passamos juntos. Reze para Nossa Senhora Desatadora dos Nós, em quem seu pai tanto acreditava, ela vai te ajudar e orientar – concluiu a mãe, indicando com os olhos a imagem da santa.

Em silêncio, Antônio dirigiu-se para a pequena mesa à direita do quarto, sob a qual a imagem repousava. Pegou com os dedos trêmulos a oração e pronunciou para si mesmo: "Santa Maria, Mãe de Deus e nossa Mãe, Tu que com o coração materno desatas os nós que entorpecem nossa vida, te pedimos que recebas em tuas mãos ao......."

A mãe se afastou deixando o filho rezando na penumbra do quarto. O sofrimento parecia ter a sua gramática própria. Ele dá novo som e sentido às mesmas palavras, ressaltando o que antes havia passado despercebido.

V

A oficina seguiu no seu ritmo constante. Antônio, aos poucos, foi se acostumando a ter que resolver tudo sozinho. Passou a ter a consciência de que era o próximo a ser convocado seja lá para o que fosse: inundação, guerra, morte, enterro. Sentia-se como um hoplita de uma falange grega ou um hastati de uma legião romana, deve ter sentido no passado. O primeiro na linha de frente. O mais próximo da linha da morte. A essência do ser humano não tinha mudado. Possuía o mesmo sentimento de um soldado de infantaria quando o capitão grita: avançar! Assim se via no mundo. Sua geração estava sendo convocada. Não havia mais ninguém na retaguarda.

Voltou a esfriar na cidade. Os termômetros registravam suas mínimas. Sua angústia estrutural retornou ao fundo do peito. Passou a dormir mal. Ele acaba de externar suas preocupações a Pedro, que o acompanha desde o início e cujo julgamento e isenção na análise dos fatos ele admira.

— Pedro, está ficando bastante frio, você não acha? — perguntou e afirmou ao mesmo tempo.

— Não há dúvida, seu Antônio. Creio que teremos uma frente fria braba pela frente.

— Você sabe qual é a minha preocupação. Com o frio fica muito mais difícil suar. Já estamos tendo dificuldades de atingir as metas, e tudo tende a piorar.

— Sei, patrão. Estou tão preocupado quanto o senhor — finalizou Pedro.

As vendas caíram num movimento contínuo. Surgiram cancelamentos, o que nunca tinha ocorrido. Tudo rápido. Era difícil compreender e lidar com a nova realidade. Despediram empregados e passaram a analisar o faturamento, atônitos, como um time de futebol que tem o jogo ganho e de repente toma dois gols nos minutos finais do segundo tempo, sem saber como se organizar para essa nova situação. Percebe que precisa ficar calmo, mas não consegue; e corre então de um lado para o outro misturando angústia, perplexidade e raiva.

Numa dessas longas noites, Antônio resolveu abrir-se com Marina. Ao deitar-se depois de ficar horas rodando de um lado para o outro na cama, escutou ela dizer, em tom quase de súplica:

– Fale, Antônio. Converse comigo.

– Estou muito preocupado. Faço tudo certo, como sempre fiz, mas agora dá tudo errado. Não sei mais o que fazer – falou com a voz nervosa e triste de quem vinha guardando essa tensão há dias.

– Eu sei, meu amor. Conheço-te como a palma da mão. Você não dorme direito há semanas. Roda na cama, acende a luz, vai ao banheiro. Chega a fingir estar dormindo para que eu não fique preocupada – disse a mulher, para surpresa do marido, que não imaginava que ela prestasse tanta atenção a sua angústia. – Quero lhe ajudar; diga-me, o que posso fazer?

— Veja, estou lendo nos jornais e vendo na televisão que uma enorme frente fria caminha em direção à cidade. La Niña. Surgiu do resfriamento das águas do Pacífico. A onda de frio ainda não chegou, mas está vindo. Já está muito difícil para os homens suarem. Com mais frio ficará impossível — disse com desespero.

— Passamos por muitas dificuldades e juntos sempre vencemos. Vamos reduzir a oficina — disse Marina. — Pense, dinheiro não é tudo. Não me preocupo que a gente tenha que fazer mudanças na nossa vida. Não quero é te ver sem dormir — falou com o carinho e a firmeza que sempre demonstrou nos momentos difíceis.

A voz da mulher acalmou Antônio nessa noite. Apenas ela e seu pai — quando estava vivo — tinham o poder de tranquilizá-lo, mais ninguém. Nessa noite ele dormiu melhor.

O frio chegou de forma intensa. A temperatura baixou para menos de 14 graus. Nas ruas surgiram roupas de lã há muito esquecidas nos armários. Os bares com mesas nas calçadas ficaram vazios. A massa polar fez com que a umidade relativa do ar aumentasse a sensação de frio. O ânimo de Antônio baixava com os termômetros. Estava cansado porque não dormia à noite nem com os remédios fortes que Marina conseguiu com o médico. O seu esgotamento era visível e seu corpo, por natureza magro, mostrava sinais de cansaço. Todos estavam preocupados. Ele que tinha se dedicado ao longo da vida em resolver problemas dos outros, agora não tinha quem resolvesse os seus.

As vendas experimentaram uma pequena melhora. A frente fria passou. Colocaram uma boa publicidade nos jornais e em revistas especializadas e o público retornou às compras. A oficina não reencontrou seu pique de vendas de anos atrás, mas recompôs a margem de crescimento e o negócio saiu da crise que se avizinhara.

Flávia vinha olhando outro emprego como alternativa; esqueceu e voltou animada para fazer as vendas no balcão. Recontrataram dois empregados. Manuel tornou a cantar velhos sambas no final do dia, e sua voz grave, embora marcada pelos anos, continuava bonita, escorregava pelos ladrilhos brancos, desaguando no jardim interno como se fosse líquida.

A família Silva Passos voltou a se reunir nos fins de semana. Montavam as mesas e as cadeiras em função do número de presentes. Às vezes, alguém chamava um amigo, um convidado. Dona

Eugênia fazia um bom prato de massa, Antônio abria um vinho e Guilherme, com a ajuda da irmã, tirava alguns acordes no violão. Continuaram a olhar aquele mesmo espaço de céu com as nuvens lá em cima flutuando sobre os edifícios, cada vez mais numerosos em torno da vila. Ficavam ali comendo, brincando entre si e aproveitando o dia, como fazem todas as famílias felizes.

VI

De repente, sem explicação, as coisas mudaram. Numa manhã, ao entrar cedo na oficina, Antônio fixou seu olhar em quatro sofás prontos, encostados num canto, enfileirados de forma alternada, a frente de um com as costas do outro. Ficou intrigado com essa visão e chamou imediatamente Pedro.

– Pedro, o que esses sofás estão fazendo aqui? Por que não foram entregues?

— Está faltando suor.

— Como?

— Exatamente isso, seu Antônio. O pessoal da oficina termina os sofás no prazo, mas, como a turma da academia não tem vindo trabalhar, não há suor, a produção acumula.

— Não sabia que a turma da academia não tem vindo.

— Dos cinco que tínhamos suando, hoje só temos um — respondeu Pedro.

— Por que não me avisou?

— Achei que soubesse o que está acontecendo. O pessoal da academia não é responsabilidade minha. É do Seu Danilo. A minha é com a turma da oficina, como o senhor sabe, respondeu Pedro, deixando claro como as coisas sempre funcionaram.

Antônio ficou preocupado. Telefonou imediatamente para Danilo e o convocou para uma reunião urgente na oficina. Desligou o telefone e ficou só com seus pensamentos. Aliás, era o que ele mais tinha feito nos últimos anos. Pensou que essa era a condição humana. No fundo, vivemos todos dentro de nós mesmos, inexoravelmente. Irreversivelmente. Temos momentos de integração nos quais nos sentimos parte do imenso líquido amniótico do mundo, acreditamos que somos irmãos de nossos irmãos e que vivemos todos acima de qualquer religião, raça, credo ou cor, mas repentinamente mergulhamos no silêncio imemorial desse mesmo mundo que agora nos expulsa e silencia. Descobrimos a falha, a lacuna dos neurônios, fenda das cordilheiras, o abismo entre as civilizações, luz barrada pelas trincheiras das sombras, a angústia da pergunta original contrastada com a ausência da resposta, o desencontro entre intenção e gesto, entre amor e paixão, entre sexo e ternura, e nos descobrimos irremediavelmente sós, como os primeiros índios devem ter se sentido ao pisarem a areia branca da praia temendo embrenhar-se na selva escura. Antônio percebeu que estava só como sempre o fora e como sempre seria para todo o sempre. Amém.

Ficou andando de um lado para o outro na sala com as mãos cruzadas atrás das costas. Esse era um gesto típico seu quando tinha um problema complicado para resolver. Tinha necessidade de andar mesmo que fosse num espaço exíguo. Sentia-se mais calmo com isso.

Danilo chegou esbaforido. Tinha os óculos embaçados, as maçãs do rosto avermelhadas, demonstrando esforço físico para chegar rápido, e parecia mais gordo do que na última vez que tinham estado juntos. Antônio pensou em iniciar a conversa com uma observação sobre a gordura dele, mas logo reprimiu o pensamento, pois o momento não era para provocações. Tinha consciência de ser o dono do negócio, e se alguém estava em dificuldades era ele e não seu contador e companheiro de tantos anos. Controlou a respiração, modulou a voz e perguntou:

— Danilo, o que está acontecendo? Por que temos sofás prontos, mas que não foram suados?

— Seu Antônio, também não compreendia o que estava ocorrendo. Ninguém me procurava. Como o senhor sabe e nós combinamos, eu não procuro ninguém. O pessoal interessado em doar vai lá ao escritório, explico o esquema de trabalho, quando aceitam assinam o termo e vem para cá suar. Sempre foi assim. Nossa decisão foi não forçar a barra para que não parecesse relação de emprego. A doação tem que ser espontânea. O doador é que se interessa em doar. De um tempo para cá a turma sumiu. No início não acreditei. Numa semana dois não vieram. Pensei, é coincidência, acaso, sei lá. Na outra, mais outro. Agora dos cinco só temos um, que já me avisou que não vai mais voltar – resumiu Danilo.

– Mas Danilo, qual é a razão de tudo isso? Tem que haver uma razão. Você não conseguiu descobrir nada? Só ficou observando que eles estavam...

– Calma, Seu Antônio – interrompeu Danilo.
– Estou contando ao senhor o que está acontecendo. Peço que me ouça. Fiquei tão surpreso quanto o senhor e só aos poucos descobri o que vinha acontecendo. O que pude apurar é que a maior parte do pessoal está recebendo um seguro-desemprego do governo.

– Mas, Danilo, eles recebem a mesma coisa que nós pagamos? – arguiu Antônio.

– A mesma coisa, seu Antônio. Um salário-base por mês, reajustado anualmente pela variação da inflação. A turma recebe sem ter que ir ao local de trabalho, sem ter que trabalhar, basta se cadastrar, levar a documentação, informar que está desempregado e sem renda para manter sua família. Só isso.

– Como podemos competir com o governo pagando à mesma coisa sem que a pessoa precise trabalhar? Você sabe que a longo prazo essa situação não se sustenta. Tudo o que governo paga é com o dinheiro dos nossos impostos. Se o emprego diminui e as empresas se retraem, não vai ter dinheiro. A conta não vai fechar – concluiu Antônio.

– Seu Antônio, a longo prazo estaremos todos mortos.

– Mas não há controle nenhum de toda essa gente no seguro-desemprego?

– Claro que o governo controla. Se o sujeito receber o seguro e arranjar outro emprego, perde o benefício. O senhor sabe, hoje o computador controla tudo. Se for um bico, rápido, sem constância, tudo bem. Mas se for emprego com carteira assinada e o cara for descoberto, perde o seguro. Por isso ninguém se arrisca. Ninguém quer.

– Mas, e aí, Danilo? Tentou fazer algo? Procurou alguém?

– Claro que sim. Procurei alguns, diretamente. A outros enviei emissários. Esperei ter um quadro completo para falar ao senhor como estou fazendo agora – fingiu Danilo, e percebeu que Antônio, de tão perplexo, deixou a mentira passar sem denunciá-la. – Lembra-se do Josimar? Aquele branco, gordo que fazia os exercícios junto com o senhor na primeira fila? Pois bem, fui pessoalmente ao subúrbio falar com ele.

– E o que ele disse?

– Ele disse que estava muito feliz na situação atual. Recebia todo mês, certinho, e que só tinha a agradecer ao governo. Que gostava pessoalmente do senhor, mas que não queria lembrar do período que teve que vender seu suor para sobreviver. – Danilo percebeu que Antônio estava pálido. Prosseguiu. – Disse que hoje se sentia um ser humano como todos os outros. Tinha dignidade. Recebia uma ajuda do governo, mas não precisava se submeter à situação vexatória de ir para uma oficina para vender o seu suor, não para trabalhar. Disse hoje mesmo que se o senhor lhe oferecesse o dobro do que recebe do governo ele não aceitava – concluiu Danilo contente em poder resumir os fatos.

– Você procurou mais algum deles? – indagou em voz baixa.

– Sim, vários deles, seu Antônio. Mudando as palavras, colocando de lado as diferenças de cada um, o discurso de todos é muito parecido. Estão todos revoltados com o período que passaram na academia e se recusam a chamar esse tempo de emprego. Um deles, o Vantuir, disse uma coisa dura que eu não gostaria de repetir, mas acho que é importante...

– Diz logo, Danilo. Não me poupe de nada – pediu Antônio.

– Pois bem, esse Vantuir entrou na academia por indicação de um amigo do Pedro. Ele disse que era impossível que uma pessoa como o senhor, com seu grau de instrução, não tivesse consciência da perversidade que estava praticando com aquela academia. Disse mais, que aquilo era coisa do demônio e que o senhor iria pagar caro por ter levado seus empregados a participarem dessa perversidade.

– Tudo bem, Danilo. Chega por hoje. Quero ficar sozinho. Envie para mim o endereço dos locais no qual nossa turma recebe o seguro-desemprego. Deve haver mais de um endereço. Escreva uns dois deles. Por hoje chega. Depois nos falamos com calma – finalizou Antônio sem olhar Danilo, que saiu em silêncio.

Com a falta de suor, os sofás iam ficando prontos, mas com couro normal. Esses sofás não faziam sucesso. Não tinham comprador. Ninguém queria. Se acumulavam no corredor da oficina.

Antônio tentou convencer um empregado a deixar de fazer seu trabalho regular e ir para a academia suar. Ele se recusou e pediu demissão na frente de todos. Os demais ficaram solidários com ele e Antônio teve que recontratá-lo. A ausência dos doadores modificou o clima na oficina. A academia ficava a maior parte do tempo fechada. Tinha se transformado num espaço maldito, que todos fingiam ignorar. Não era mais possível se falar em couro suado. Os empregados diziam que só trabalhavam nos ofícios de uma oficina e que ninguém queria ouvir falar do que havia sido feito no passado.

Sem vendas, com as despesas iguais, as receitas decresciam. Foram obrigados a fazer demissões. Escolhiam os funcionários contratados mais recentemente e menos ligados a eles dois. Flávia aceitou trabalhar em outro emprego, o que há tempos vinha tentando. Guardou segredo dessa decisão o quanto pode para não chatear o pai. Quando não tinha mais jeito, foi conversar com o pai. Ele ouviu em silêncio, depois balançou a cabeça para frente e para trás, como um pêndulo, e balbuciou: "você fez bem. Não tinha outro jeito."

Uma noite, depois que Marina conseguiu dormir, Antônio desceu, atravessou a oficina e foi para a academia. Acendeu as luzes como se quisesse afugentar alguma coisa. Ficou observando os aparelhos que havia comprado com tanto esforço. Lembrou-se da infância e da ida com o pai ao museu de história natural no centro da cidade. Na verdade foi a sua primeira visita a um lugar como aquele. Era um domingo. Toda a cena retornava com enorme precisão. Lembrou-se da surpresa de ver esqueletos e maquetes dos animais e bichos que estudava nos livros da escola expostos organizadamente.

Depois de tudo, a academia lhe parecia fantasmagórica. Tinha a intuição de que os seus problemas haviam começado com sua instalação, ainda que recuando no tempo, não soubesse que alternativa diferente poderia ter dado para a oficina e para sua própria vida sem ela.

Não conseguia imaginar como Marina e ele tinham feito amor há meses naquele espaço. As bicicletas estavam estáticas, paralisadas. Alguns aparelhos pareciam insetos assustados. Os halteres com suas anilhas lembravam pássaros empalhados como os do museu, parados no presente, na sua frente, produzindo angústia sobre o futuro. A sensação de ambiente macabro que o havia incomodado tanto quanto a seu pai não era mais intuição, mas antes certeza. Só havia restado desconforto, estranhamento, como se aquele local não fosse seu. Antônio apagou as luzes, passou pela oficina e subiu para o quarto.

No outro dia saiu bem cedo. Pegou o papel com os endereços que Danilo havia enviado e foi andando em direção ao centro. Ficara os últimos anos de sua vida trancado naquela vila. Estava imbuído do fascínio do estrangeiro quando descobre algo novo e que ao mesmo tempo num certo sentido lhe é familiar. Olhava tudo como um viajante faz e não como um turista. Aquele observa a cidade, a descobre, a desnuda e enquanto dura todo esse processo não sabe ao certo se ficará nela ou não. O turista, ao contrário, a observa, mas não a descobre, e muito menos a desnuda; está sempre de passagem, de volta à terra natal. Deve ser por isso que tiram tantas fotos em suas viagens. É como se eles precisassem de uma prova física que estiveram naqueles lugares todos, como se precisassem de uma comprovação para mostrar aos seus amigos como eles conseguiram, mesmo que por alguns instantes, sair da geografia restrita de suas vidas.

Antônio constatou que várias ruas tinham sofrido modificações nos últimos anos. Não eram apenas os homens que mudavam, envelheciam, as cidades também. Achou o centro pobre, cheio de cicatrizes. O comércio ambulante ocupava ruas que no passado eram residenciais. Tinha a impressão que as pessoas nas ruas estavam mais malvestidas. Riu ao constatar que ele também.

Chegou finalmente ao posto de benefícios do governo. Era um prédio cinza, com escadas largas e uma grande rampa de acessibilidade. Colocou-se do outro lado da rua entre uma árvore e uma banca de jornal, de forma que pudesse observar o prédio sem ser visto por quem entrava.

Passaram-se quase duas horas e nenhum dos ex-doadores apareceu. Antônio já estava indo embora quando viu Josimar e Alfredo chegando. Eles entraram, Josimar para a esquerda e Alfredo para a direita do que parecia ser um corredor. Depois de um tempo relativamente curto, os dois saíram juntos. Conversaram um pouco na porta do edifício, Josimar contou alguma coisa engraçada que fez Alfredo rir. Depois, despediram-se e cada um foi para o seu lado.

Antônio deixou ambos se afastarem e iniciou seu caminho de volta para casa, andando devagar, sem ânimo. Remoía aquela cena: Josimar e Alfredo saindo contentes do posto de benefícios. A descrição de Danilo estava correta. Nenhum deles precisava mais da Oficina do Couro.

Chegou a sua casa. Tomou uma sopa quente feita por Marina sem dizer uma única palavra. Não reparou que a mulher tinha os olhos úmidos enquanto o servia. Sua dor era tão profunda que era incapaz de perceber o sofrimento alheio. Quando se sofre muito, desesperadamente, não se percebe o padecimento do outro. Não há espaço.

Jantou. Falou palavras protocolares para Marina e desceu para a oficina. Ficou andando como as pessoas aflitas caminham por dentro das galerias dos shoppings. Tinha o mesmo olhar vago que essas pessoas têm quando andam por lojas iguais, observando tudo e nada, como se passassem o tempo ou como se o tempo estivesse estático, como se fossem comprar algo ou nada tivesse interesse, como se procurassem alguém ou se estivessem na verdade perdidas.

Deitou num sofá antigo e adormeceu de cansaço. Teve vários sonhos, mas esqueceu-se de quase todos. Quando amanheceu teve um longo, nítido. Estava num barco em alto-mar, à deriva. Ondas gigantes se sucediam como prédios dispersos em ruas abandonadas. De repente, dentro do barco, vultos. Primeiro, D. Carmem, com um vestido de camurça bege que costumava usar, um coque muito bem-feito e a mesma voz estridente que tinha em vida. Dava ordens, fazia encomendas, com enorme naturalidade. Depois, seu professor de matemática no colégio sentou-se também no barco. Repetia uma tabuada esquisita, com números aleatórios que não faziam nexo. Seu pai surgiu ao lado dos outros passageiros. Estava tranquilo e falava várias frases que apenas Antônio ouvia. Os outros não conseguiam. Sonhava, mas com a impressão de que tudo era verdade. Outra área de seu cérebro lhe dizia que todas essas pessoas estavam mortas. Harmonizou essa duplicidade de sensações. Sabia que todos tinham morrido, mas não estava angustiado com isso. Pareciam rigorosamente iguais, como foram em vida. Não havia angústia nem desconforto. Uma sensação de intimidade envolvia os tripulantes desse barco mesmo com o mar revolto. Antônio não sentia medo. Olhava as ondas enormes como se fossem sombras infantis, semelhantes às mágicas que seu tio Arnaldo, falecido, fazia para os sobrinhos nas festas de aniversário. Aquelas ondas tinham ritmo, sincronicidade, que as fazia não serem assustadoras. Seu pai lhe disse algumas coisas bonitas que o levaram a chorar copiosamente e acordar sobressaltado.

Pensou na ideia da morte com algum carinho. Talvez não fosse assim tão ruim. Essas pessoas com as quais sonhara estavam tão vivas durante o sonho que essa fronteira, essa distância talvez não fosse tão grande. Morrer é também uma forma de descansar, de deixar de sofrer, concluíra nesses últimos dias. Só se arrependia desses pensamentos sombrios quando encontrava Marina e ficava culpado de deixá-la sozinha de uma hora para outra, sem avisá-la.

VII

A crise instalou-se de maneira inexorável e dramática. Não havia encomendas. As demissões se sucediam. Os encargos trabalhistas exigidos nas demissões eram tão elevados que a Oficina do Couro passou a fazer demissões irregulares. Os funcionários foram para a justiça. Nas audiências de julgamento levavam como testemunhas os antigos doadores da oficina. Esses doadores sem vínculo empregatício testemunharam em favor dos empregados com vínculo. Como resultado, os valores pagos como se fossem doações foram incorporados aos débitos trabalhistas dos ex-empregados, aumentando astronomicamente o valor das indenizações.

Antônio e Danilo não tinham meios econômicos para enfrentar essa batalha desigual. Viviam em audiências tentando fazer acordos. O faturamento em declínio não gerava fluxo de caixa capaz de suportar a progressão geométrica das indenizações. Vieram as penhoras. A academia foi fechada e o imóvel devolvido ao proprietário. A oficina foi reduzida. Aparelhos de ginástica foram vendidos. Outros, penhorados em garantia dos débitos trabalhistas. Iniciou-se uma discussão jurídica sofisticada, na qual a questão central era saber se os aparelhos podiam ou não ser penhorados. Normalmente, os equipamentos de trabalho não são penhorados pela simples razão de que sem eles o empregador não pode gerar renda, e sem renda não pode pagar entre outras coisas o próprio débito trabalhista. Nesse caso, esses equipamentos eram aparelhos de ginástica ou instrumentos de trabalho?

Eles tinham a colaboração desinteressada de um antigo amigo de bairro, advogado competente que defendia a oficina por conhecer a família Silva Passos desde menino. Eles não podiam pagar honorários, mas o advogado prosseguia mesmo assim por amizade, desafio profissional, ou qualquer outra qualidade, ou virtude que nem eles conseguiam entender ou nomear.

Essa discussão jurídica foi ao Tribunal Regional do Trabalho recebendo duas interpretações distintas. Numa das Turmas, o Tribunal entendeu que os equipamentos podiam ser penhorados e até leiloados para quitação dos débitos. Em outra Turma do mesmo Tribunal, ficou decidido que os equipamentos eram instrumentos de trabalho que integravam a empresa e seu processo produtivo, do qual o suor era parte fundamental, e que, portanto, não podiam ser penhorados nem leiloados. A divergência acabou subindo ao Tribunal Superior do Trabalho e lá ainda dormia mansamente naquela manhã de quarta-feira. Os equipamentos que restaram foram penhorados e ficavam amontoados nos cantos da oficina.

Na quarta-feira, Antônio acordou cedo e saiu sem rumo. Era algo que fazia agora regularmente. Longe da oficina não presenciava a decadência, não era intimado para uma nova audiência nem obrigado a ver seus últimos dois empregados terminando um sofá de couro sintético. Andava por toda cidade. A necessidade de endorfina criada na academia foi transferida para caminhar. Andando tinha a sensação de que não enlouquecia...

Seu corpo agia independentemente de sua vontade. As pernas pareciam ter vida própria e caminhavam com a velocidade de uma gazela, enquanto o cérebro se arrastava como um paquiderme. Esse organismo desconexo – uma nuvem de calças – atravessava a cidade escaldante.

Cruzou o longo túnel que liga uma área rica e sofisticada da cidade ao seu bairro. Sempre achou que os túneis lembravam bocas de baleias ou catedrais góticas, com suas estruturas, ogivas, caligraficamente grafitadas. Temia que os túneis tivessem vida própria e pudessem devorá-lo.

Pensou consigo mesmo: "sim, então é isso. Não há mais suor. Fiz tudo da melhor maneira. Nada fiz de errado. Peguei uma oficina pequena de meu pai e a levei adiante. Ganhei dinheiro. Eduquei meus filhos. Produzi coisas das quais tinha orgulho. Vivi um grande amor. Tive meus quinze minutos de fama. Meus móveis ganharam prêmios. Tive matérias na imprensa e nas revistas de decoração. Várias notícias sobre meu trabalho circulam na internet. Fiz a minha parte. Está tudo certo. Jogo jogado. O homem consciente jamais é vencido. Não fui vencido, estou apenas sendo ultrapassado. Todos serão. Ninguém vence a indesejável, a ceifadora. Estamos numa mesma maratona. Somos corredores transitórios dessa corrida coletiva. Só nos resta correr da melhor maneira, ir o mais longe possível e passar o bastão para quem se apresentar. Isso é tudo."

Foi andando devagar em direção à sua casa. Seu corpo trabalhava agora com sinal invertido. Caminhava com a lentidão de um elefante cansado pisando, lentamente, a terra úmida da savana africana. Seu cérebro, ao contrário, trabalhava rapidamente, como uma gazela atravessa correndo, quase saltando, essa mesma savana.

O sol fixou seu círculo nítido no céu que de tão azul parecia verdadeiro. Entrou na vila. Sentou-se na porta do seu sobrado. Estava quente. A luz do verão explodia nas paredes caiadas da vila. O ar estava pesado, sem umidade. Entorpecidos pelo calor, os pássaros não cantavam. Ninguém andava nas ruas, que pareciam ser tingidas de cal.

Antônio ficou ali sentado, absorto, parecendo uma estátua esquecida num parque qualquer, ou uma pedra silenciosa na imensidão dos séculos. Absorto demais para olhar para fora ou para dentro de si. Inerte sob aquele sol de calcário. Antônio foi suando, com a camisa branca colada ao corpo. Foi suando, naquela tarde de janeiro, até escorregar, escorrer lentamente, em grossas gotas. Antônio transformara-se numa poça de água no chão de cimento da vila.

"Sempre imaginando como atendê-lo melhor"
Avenida Santa Cruz, 636 * Realengo * RJ
Tels.: (21) 3335-5167 / 3335-6725
e-mail: comercial@graficaimaginacao.com.br